225 Chambre des Commissaires-Priseurs
Envoi à la Bibliothèque Nationale.

1900 - Juin - 19

VENTE APRÈS DÉCÈS DE M. G. DE DRAMARD

HOTEL DROUOT, SALLE Nº 2

Le Mardi 19 Juin 1900

à deux heures

TABLEAUX

PAR

G. de DRAMARD

TABLEAUX, AQUARELLES

DESSINS

Composant sa Collection et garnissant son Atelier

EXPOSITION PUBLIQUE

LE LUNDI 18 JUIN 1900

de 2 heures à 6 heures

COMMISSAIRE-PRISEUR

Mᵉ LÉON TUAL

56, rue de la Victoire, 56

EXPERT

M. VANNES

54, rue du Faubourg-Montmartre, 54

CATALOGUE

DE

TABLEAUX

PAR

Feu G. de DRAMARD

ET DE

TABLEAUX, AQUARELLES ET DESSINS

PAR

ADAM, BEAUVAIS, BOUDIN, CAGNIART, CAILLEBOTTE, CARRIÈRE
DIAZ, FEYEN-PERRIN, GAGLIARDINI, GUILLAUMET
GUILLEMET, IWILL, LUIGI LOIR, LUMINAIS, MURATON, OLIVE
PELOUSE, RIBOT, STEVENS, TASSAERT, TATTEGRAIN
THAULOW, YON, ZIEM, ETC.

GARNISSANT SON ATELIER

Dont la vente aura lieu par suite de décès

HOTEL DROUOT, SALLE N° 2

Le Mardi 19 Juin 1900

à deux heures

COMMISSAIRE-PRISEUR	EXPERT
Me Léon TUAL	**M. VANNES**
56, rue de la Victoire	54, faubourg Montmartre

EXPOSITION PUBLIQUE

Le Lundi 18 Juin 1900, de 1 h. 1/2 à 5 h. 1/2

CONDITIONS DE LA VENTE

La vente se fait au comptant.

Les acquéreurs payeront *cinq pour cent* en sus des adjudications.

Paris. — Imp. de l'Art, E. Moreau et Cⁱᵉ, 41, rue de la Victoire.

DÉSIGNATION

TABLEAUX
Par G. de DRAMARD

1 — *Chien jouant avec une balle.*

2 — *Pêcheurs chalutiers.*

3 — *Femme fellah.*

4 — *La Marchande de marée.*

5 — *Vieille Mendiante.*

6 — *Paysage, la Cascade.*

7 — *Portrait de vieille femme.*

8 — *Composition de fruits, poulets, etc.*

9 — *Femme nue dans un pré.*

10 — *Vue d'Italie.*

11 — *Femme en prière dans l'intérieur d'un cloître.*

12 — *Étude de chien griffon.*

TABLEAUX

GARNISSANT SON ATELIER

TABLEAUX

62 — FOREAU. Pêcheur à l'épervier.

62 *bis* — GAGLIARDINI. Cour de ferme.

63 — GARAUD (G.). Le Printemps à Garnes.

64 — GILBERT (V.). Le Marché.

65 — GILBERT (V.). Le Mousse.

66 — GÉLIN. Marine.

67 — GOSLAND (Duval). Paysage en Normandie.

68 — GRIMELUND. Kragerœ. Norvège.

69 — GUILLAUMET. Femmes arabes.

70 — GUILLEMET. Paysage.

71 — GUILLOUX (A.). Marine.

72 — GUIGNARD (G.). Rentrée du troupeau.

73 — HADENOUS. Paysage (École de Monticelli).

74 — HERNANDÈS (D.). Parisienne assise dans un pré.

75 — IWILL. Paysage en Bretagne.

76 — JEANNIN (G.). Botte de fleurs.

77 — JAPY. La Rentrée du paysan.

78 — JOURDEUIL. Marine.

79 — KOWALSKY. Tête de femme.

80 — LANDELLE (Ch.). Blidah.

81 — LANSYER. A Menton.

82 — LANSYER. Étude de rochers.

83 — LAMBINET. Paysage.

84 — LAPOSTOLET. Marine.

85 — LAVIEILLE (E.). Paysage.

86 — LAZERGES (P.). Biskra.

87 — LECLAIRE. Roses.

88 — LECOMTE. Route à la mer.

89 — LEGOUT GIRARD. Marine.

90 — DEMATTE. Baigneuse.

91 — HERMAN (Léon). Tête de chien.

92 — LE POITEVIN. Bœufs au pâturage.

93 — LÉVY (H.). Scène biblique.

94 — LÉVY (Michel). Vue de parc.

95 — LETOURNEAU. Religieuses en prière.

96 — LUIGI LOIR. Le Pont.

97 — LUMINAIS. Les Captifs, étude.

98 — LUMINAIS. Captifs liés à un char.

99 — MALEBRANCHE. Marine.

100 — MAGNE. Gobelet et pêches.

101 — MAYNIER. Paysage.

102 — ROY (Marius). Soldat épluchant une carotte.

103 — MEFFREN. Marine.

104 — MELIN. Chiens fouillant un terrier.

105 — MOLS. Marine.

106 — MOUCHON (C.). Canal à Venise.

107 — MONTHOLON (de). Étude d'arbre.

108 — MOUTTE (A.). Pêcheurs.

109 — MORLON. Pêcheurs de varech.

110 — MURATON (A.). Portrait de Dame.

111 — MORLOT. Paysage au clair de lune.

112 — OLIVE. Canal de Venise.

113 — PELOUSE. Paysage.

114 — PETIT (Eugène). Fleurs.

115 — PINTO (Souza). Vieille Femme.

116 — PITTARO. Tête de bœuf.

117 — PRINS (P.). Paysage.

118 — Ravanne. Marine.

119 — Raynaud. Jardinier taillant un arbre.

120 — Ralli. Arabe endormi.

121 — Riven. Tête de Paysanne.

122 — Richemond. La Sœur servante.

123 — Ribot. Nature morte.

124 — Ribot. Portrait de Femme.

125 — Rigollot. Marine.

126 — Rioux. Marine.

127 — Roll. Marine.

128 — Sala (E.). Enfant cueillant des coquelicots.

129 — Salmson (Hugo). Petit paysan jouant du flageolet.

130 — Saint-Germier. Vieille Maison.

131 — Schinder. Dindons sous bois.

131 *bis* — Sénéchal (Le). Marine.

132 — Simonet. Paysage ; effet de givre.

133 — Sinibaldi. Vue de Capri.

134 — Stevens (A.). Orage en mer.

135 — Tanzi. Lisière de forêt.

136 — TASSAERT. Le Malade.

137 — TATTEGRAIN. Tête de pêcheur.

138 — THIBEAUDEAU. Bretonne rêvant sur les coteaux.

139 — THIRION (E.). Tête de jeune paysan.

140 — THAULOW. Rue de village la nuit.

141 — THIOLLET. Marine.

142 — THOMSON. Les Moutons.

143 — THOREN (Van). Étude de Bœufs.

144 — TRUCHET (Abel). Le Trottin.

145 — VALERY (P.). Rue de village.

146 — VALLOIS. Route en forêt.

147 — VEBER (Jean). Le Sphynx.

148 — VEBER (Th.). Sortie du port.

149 — WEEKS. Le Bain en Orient.

150 — YON (Ed.). Paysage. Enfant assise sur les brancards d'une charrette.

151 — ZUBER (U.). Paysage.

152 — ZIEM. Marine.

AQUARELLES, DESSINS

PASTELS ET GRAVURES

153 — AUBLED. Femme nue.

154 — BAUXO. Jeune Femme.

155 — BÉTHUNE. Paysage.

156 — BOUDIN (E.). Étude de ciel.

157 — BOUDIN (E.). Étude de ciel.

158 — BOUDIN (E.). Vaches dans un pré.

159 — BOUDIN (E.). Études de mouton.

160 — BOUDIN (E.). Moulin.

161 — BOUDIN (E.). Vingt dessins lavés d'aqua-
relles. (Ce lot sera divisé.)

162 — BOUDIN (E.). Vingt dessins divers sur bris-
tol et sous verres. (Ce lot sera divisé.)

163 — BOURGOIN. Rue de village.

164 — BOURGOIN. L'Abattage des arbres.

165 — CAGNIART. Les Meules.

166 — CAGNIART. Rue de village.

167 — CAGNIART. Les Côteaux.

168 — CARCIARA. Vue d'Italie.

169 — CARCIARA. Vue d'Italie.

170 — CAUFMANN. Rue du Château.

171 — CLAIRIN. Les Dunes.

172 — DELACROIX (E.). Dessin à la mine de plomb.

173 — DREUX (A. de). Cheval.

174 — GELHAY (E.). Parisienne.

175 — HENRI (V.). Prairie.

176 — JEANNIN. Roses.

177 — LAURENT-DESROUSSEAU. Le Chemin de fer.

178 — LÉANDRE. Religieuse lisant.

179 — LEFEBVRE (Carlo). Paysage.

180 — MASCIARA. Vue de Naples.

181 — MORNARD. Le Semeur.

182 — MORLOT. Coin de forêt.

183 — NERET (Moreau). Roses.

184 — PARBOUX. Egyptienne.

185 — Pinto. Tête de pêcheur.

186 — Porcher. Paysage.

187 — Prins. Forêt.

188 — Roux (Paul). Paysage.

189 — Sinibaldi. Vue de Capri. Aquarelle.

190 — Tunker. Paysage. Sépia.

191 — Zuber. Fleurs.

192 — Sous ce numéro seront vendues environ trente-trois pièces : gravures, dessins, lithographies, tableaux. (Ce lot sera divisé.)

www.ingramcontent.com/pod-product-compliance
Lightning Source LLC
LaVergne TN
LVHW010857180726
843502LV00010B/3933